LE RÈGNE DU CAMÉLÉON

suivi de

LES HÔTES DE L'ENCLOÎTRE

Récits et photos

d'Albert Russo

(dont des extraits ont paru dans les revues suivantes :

'Sapriphage', les 'Carnets et les Instants' et la 'Nef des Fous')

Le règne du caméléon - deux récits d'Albert Russo - 2

ISBN-13: 978-1-935437-59-8
ISBN-10: 1-935437-59-3

Published in the United States of America by
Publié aux Etats-Unis d'Amérique par

IMAGO PRESS - 3710 East Edison - Tuczon, AZ 85716

Site web de l'auteur: www.albertrusso.eu

à mon très cher Bernard qui reconnaîtra son laboratoire de langues

DRAMATIS PERSONAE

Mon nom est Gianni
Mon nom est Jim
Mais aussi Dominique
Dans les deux sens
Et donc dans tous les sens

Que se soit Gianni, Jim ou Dominique
Au présent comme au passé
À la première personne ou a la troisième
Il s'agit de la même personne
À ceci prés que chacune d'entre elles
Est marquée par le sceau d'une langue
L'assaut, diront les mauvaises langues

Tantôt Gianni et Jim se confondront
Tantôt ils s'opposeront
Tantôt ils ne se reconnaîtront plus
Et il en sera de même avec les deux Dominique

Parfois l'écart entre eux sera infime
Ou alors aussi vaste qu'un océan
Celui qui sépare les idiomes
Ou se mesure à la mixité du Sang

Début d'un novembre pluvieux

«Dimanche, le...» et je signe: «votre guignol linguistique, votre perroquet de basse-cour, ou, pour ceux que la présence des immigrés en terre de France insupporte, Doc es Sabir - surtout ne vous méprenez pas: ce titre a consonance arabisante ne se veut en aucune façon une provocation gratuite de ma part, il m'a tout bonnement été soufflé par un nuage toxique lors d'un rêve récent.»

Oh! que je suis soulagé! Je n'allais tout de même pas continuer de me laisser traiter comme une carpette par ce farfelu de Timothy qui en plus se prend pour le plus irrésistible des don Juan et fait de si doux yeux a notre chère et tendre directrice.

Mardi: «Jim G. Mac Chéronne, pouvez-vous me dire ce que signifie cette lettre ? Cela fait bientôt trois ans que vous enseignez dans notre établissement. Vous êtes d'ailleurs l'un des professeurs les plus appréciés de notre clientèle. Nous n'avons jamais eu à nous plaindre de vos services et lorsque surgissaient ci et là, comme dans toute entreprise, quelques problèmes, nous les avons résolus verbalement et toujours à l'amiable, ou je me trompe.

Dans ce cas, éclairez-moi, s'il vous plaît.»

De derrière son bureau en palissandre, Livia de Babiol-Nash, rousse élancée au nez légèrement aquilin et aux yeux améthyste, se tient droite contre le dossier de cuir surpiqué de son fauteuil pivotant. Ses lèvres entrouvertes appelant une réponse franche, sans tergiversation.

Dès notre première entrevue, j'ai en l'intuitive certitude que je travaillerais en parfaite intelligence avec cette femme encore belle, à l'allure moderne quoiqu'un peu altière, ses origines aristocratiques trahissant moins la supériorité de caste qu'un souci d'élégance poussé jusqu'à l'obsession. Ce matin, elle a choisi un tailleur bleu turquoise en laine peignée avec une blouse de soie marine que rehausse l'éclat de ses cheveux dont l'audace de la coupe évoque une chanteuse punk de la deuxième génération. Cette note pour le moins excentrique ne la dépare pas, au contraire, d'autant qu'elle change de bijoux tous les jours, les torsades de perles grises de culture cédant tour à tour la place aux bracelets et colliers d'ambre ou aux parures de fleurs en émail et vermeil que les orfèvres italiens savent si joliment façonner. Elle mêle avec bonheur le style classique et la fantaisie, ce qui reflète assez bien son tempérament où la rigueur n'exclut ni la souplesse,

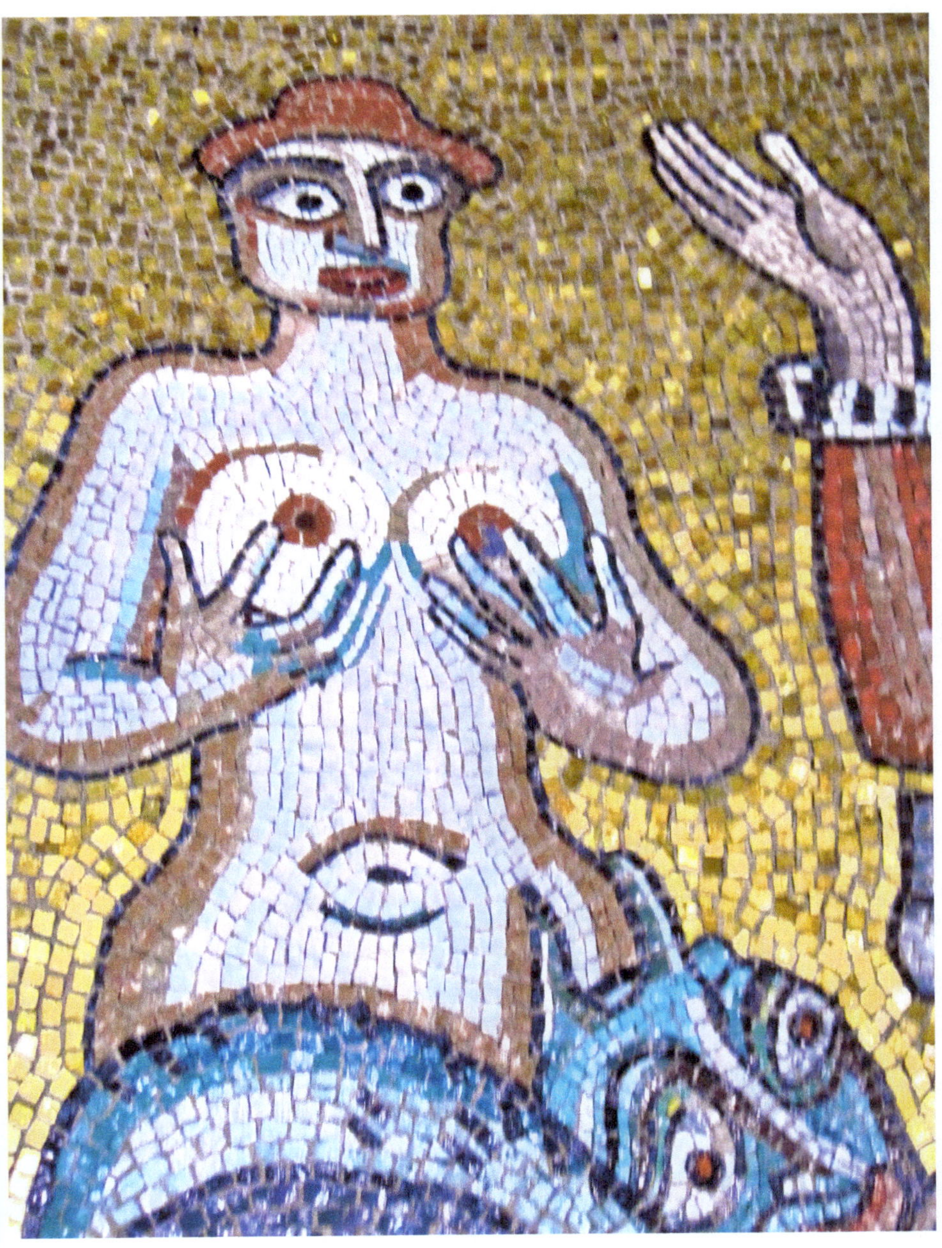

ni I'humour. Qu'elle ait pris pour mari, en secondes noces, un Américain et vécu près d'une décennie entre le Québec et la Nouvelle Angleterre a sans aucun doute contribué a son ouverture d'esprit, mais peut-être aussi à une remise en question personnelle qui lui fait parfois perdre son sang-froid devant l'un on I'autre instructeur récalcitrant comme en cet instant de prélude à la tempête, où son regard se voile de panique. Je vois bien la façon qu'ont certains enseignants de la narguer pour qu'elle perde contenance. Parfois, ils arrivent à leurs fins et alors, de guerre lasse, elle les abandonne dans son bureau, claquant la porte sur eux, rouge de frustration et de colère. C'est justement à cause de l'un de mes collègues que j'ai rédigé cette lettre, car il a répandu autour de lui des bruits selon lesquels je repérerais les clients les plus prestigieux et je manipulerais notre directrice afin de les lui subtiliser, lui laissant des élèves, soit difficiles, soit sans aucune motivation, et de toute manière d'une catégorie sociale inférieure.

Je I'ai tout de suite mise a I'aise en lui expliquant que cette lettre ne visait d'aucune façon sa personne, mais qu'en contrepartie, et si elle tenait à ce que je reste a l'Institut, j'exigeais une réunion des enseignants pour que Timothy Smith, mon délateur, et moi, nous nous confrontions publiquement.

Livia de Babiol-Nash m'a regardé longuement dans les yeux, puis elle s'est décrispée et m'a promis de réfléchir à la question, malgré le fait, qu'elle avait coutume de régler ce genre de différends en la seule présence des parties concernées, évitant ainsi tout esclandre. En guise de réponse, elle a hoché la tête d'un mouvement à peine perceptible et elle est partie, non sans au préalable m'avoir embaumé de son parfum à la fois subtil et pénétrant qui, pour je ne sais quelle raison, me fait penser à un sous-bois recelant des fleurs carnivores.

Vendredi: Jusqu'à ce soir, mon esprit ressemblait à une cage dans laquelle je ne cessais de déraper comme si, par un malin plaisir, quelqu'un l'eût astiquée au savon liquide. Le navrant, c'est que mon amour des langues - propension naturelle, ou selon certains, schizophrénique poursuite du Graal ? - m'attire souvent plus l'envie que l'admiration, surtout auprès de ceux qui, à l'instar de Timothy, ne font pas le moindre effort pour en apprendre une seconde, ici, en l'occurrence, le français, ce que je trouve franchement scandaleux, d'autant plus qu'il habite le pays depuis cinq ans. Cette remarque vaut aussi pour la plupart des Parisiens, qu'ils soient artisans, commerçants, petits et hauts fonctionnaires,

ou même, et surtout, intellectuels.

Je ne désire ni être adulé, ni jalousé, simplement que l'on me fiche Ia paix.

Depuis mon accident, il y a une douzaine d'années, les langues se sont emparées de moi et sont devenues ma drogue. Les médecins, dont le psychiatre C. H., prétendent que je souffre d'une espèce rarissime d'autisme, et que je serais devenu polyglotte afin de combler mon manque apparent d'affectivité. Malgré sa réputation et une rigueur scientifique que je ne mets pas en doute, C. H. comprend à peine l'anglais, auquel il a dû pourtant être initié dans le cadre de ses études médicales. Et c'est moi qui serait handicapé ! Sans doute le suis-je, oui, mais sûrement pas dans le sens qu'il présume. Décidément, je ne me ferai jamais à un certain esprit cartésien. Et puis, tout cela est bien trop compliqué pour mon cerveau devenu si allergique à la psychiatrie, même si celle-ci avait pu autrefois me fasciner. Mais je veux revenir aux préoccupations du moment. A 17h3O, une demi-douzaine de collègues se trouvaient rassemblés autour de moi et de Timothy dans le bureau de la directrice. Je leur en sais d'ailleurs gré, car ils sont restés bien au-delà de I'heure de fermeture. Je me suis alors

mis tout de suite à lire la liste des griefs que mon accusateur m'avait adressés par personnes interposées, dont certaines se trouvaient présentes ce soir, car Mr Smith ne m'en avait jamais fait part directement. Comme à son habitude, il n'a pas une seule fois tiqué ou démenti. Lorsque je lui ai répété les boniments dont il m'avait affublé derrière mon dos - boniments que des âmes charitables sont venues me rapporter -, il a haussé les épaules comme si c'était moi qui débitais des enfantillages.

«N'avez-vous pas dit entre deux cours à l'un de mes élèves,» ai-je ensuite annoncé, mi-figue mi-raisin, conscient de l'hilarité que cette remarque enclencherait, «que j'étais un fantoche sorti droit d'une kermesse brueghelienne, mâtiné d'un Mickey *pinocchiant*; vous faisiez bien entendu référence à mes origines anglo-italiennes, mais que voulez-vous, l'on ne choisit pas ses géniteurs, ni son lieu de naissance. Et d'ajouter qu'en fait d'accent anglais, c'était plutôt d'intonations *spaghetto-mafieuses* qu'il fallait parler ?» En regardant les autres qui se trémoussaient sur leurs chaises, j'ai réprimé un rire. Quant à Mr Smith, lui, il semblait soudain avoir perdu son *British humour*. Reprenant quelque peu contenance, mais à peine, j'ai ajouté: «et il paraît que je me surnomme J. G. Mac Tit. Tit, en l'honneur de Tintin, n 'est-ce pas,

ou pensiez-vous plutôt au bon vieux Triphon Tournesol, le savant tête en l'air ? Eh bien, vous ne croyez pas si bien dire, Timothy Smith, je vous ferai une confidence, et avec mon autorisation, vous pourrez vous en faire des gorges chaudes, car il serait dommage de ne pas en profiter. Mon nom de famille, Mac Chérone, légèrement francisé par l'accent aigu, avec cette particule qui lui confère une touche écossaise, provient en realité du vulgaire ‘maccherone’. Seulement, quand mon père est allé s'installer au Congo Belge dans les années trente, il crut bon de couper la poire en deux, afin que l'on ne confondit pas son patronyme avec le plat national italien. Vous, par contre, Timothy, semblez en parfaite harmonie avec le vôtre, les maréchaux ferrants, il est vrai, appartenant désormais au registre des métiers que l'auréole de la nostalgie a rendu nobles.»

Mon calomniateur ne s'est pas rétracté d'un pouce, et nous continuerons de nous reluquer en chiens de faïence, mais au moins, je me suis délesté d'un fardeau, éclaircissant ainsi la situation vis à vis de notre directrice et de mes autres collègues. Car il n'y a rien de plus contagieux que ce genre d'accusations colportées à demi-mots, entre les cabines d'un laboratoire de langues. La dernière remarque de Mr. Smith avait, elle, de par son

ton agacé, le mérite d'être sincère. Perdant sa morgue et sans détour, il m'a lancé: «Il est impossible que l'on puisse enseigner à la fois l'anglais, le français et l'italien avec la même compétence, à moins que vous ne soyez un véritable caméléon.»

Devant ces belles paroles dont le double sens n'a échappé a personne, j'ai rétorqué que je ne pouvais, bien sûr, en quelques minutes, lui faire l'état de mes connaissances linguistiques et, que par conséquent, j'étais une cible facile.

«Ayant grandi à la fois avec la langue de Shakespeare, à la maison, et avec celle de Molière, à l'école," me suis-je senti contraint de préciser, "je les considère, en dépit de leur antinomie, comme des soeurs jumelles, l'italien m'ayant été inculqué par mon père.»

Il est évident qu'il avait amorcé là tout un débat et que le dialogue de sourds se serait poursuivi entre nous deux si Livia de Babiol-Nash, n'était intervenue. Elle a su, avec un savant dosage de fermeté et de diplomatie, prendre ma défense, tout en se gardant d'humilier mon adversaire. Je l'ai alors vu qui ricanait, puis marmotter quelque choseressemblant à 'camélionne' ou 'caméléhomme'. Je venais ainsi d'acquérir un nouveau surnom.

Samedi: J'ai beaucoup réfléchi à ce surnom et au début il m'irritait, car lorsque l'on compare quelqu'un à un caméléon, on l'associe volontiers à l'opportuniste. L'homme a cette fâcheuse tendance à recourir au monde animal pour déblatérer contre ses semblables. Puis, je me suis souvenu, enfant, quand avec mon cousin, lors de l'un de mes fréquents séjours chez lui, en Rhodésie, nous passions des heures en compagnie du caméléon qu'il avait adopté. Nous étions fascinés par la magie des couleurs que nous offrait ce merveilleux lézard dès qu'on l'approchait d'une feuille de bananier, d'un tronc d'arbre ou d'un quelconque objet sur lequel nous le posions afin qu'il opère sa métamorphose. Il se comportait, en outre, avec une docilité telle, malgré son apparence quelque peu monstrueuse et ses yeux globuleux qui se mouvaient indépendamment l'un de l'autre, que je n'hésitais pas à le caresser comme s'il se fut agi du plus affectueux des chatons de gouttière. Parfois, devant certaines couleurs, le caméléon semblait se rebiffer, émettant un son rauque et menaçant. Mon cousin prétendait alors que, comme les taureaux, le caméléon ne supportait pas les teintes trop vives, même qu'il pouvait en étouffer. C'est à cette image nostalgique que je me raccroche maintenant lorsque je revois Timothy Smith prononcer avec

dédain ce surnom. Dorénavant, pour les intimes, je serai 'Caméléhom'.

Lundi matin: Je suis exceptionnellement affecté au labo jusqu'à midi, une partie des instructeurs, dont Timothy Smith qui en a la charge, se trouvant grippés - il faut dire que le virus cette saison est particulièrement féroce.

Je me souviens, comment, la première année, je paniquais devant cette console lorsque plusieurs voyants s'allumaient à la fois et que, manipulant les mauvaises touches, je faisais sursauter sous leurs casques d'écouteurs des élèves qui ne m'avaient rien demandé, tandis que je ne parvenais pas à me brancher avec ceux dont les appels à l'aide se faisaient pressants. D'eux ou de moi, je ne sais qui devenait le plus hystérique. Encore aujourd'hui, ces rangées de commandes et de signaux lumineux me mettent mal à l'aise et provoquent dans la région du plexus solaire des gargouillis qui ont très peu à voir avec la phonétique. Et quand je pense que je rêvais, enfant, de devenir pilote de ligne !

D'habitude, ils sont deux, parfois trois pupitreurs, à la console. Mais là, je suis seul à devoir contrôler le bon déroulement des leçons enregistrées, du niveau élémentaire - pour

28

moi, le plus pénible à suivre, car je n'ai jamais eu la patience nécessaire avec les débutants, fussent-ils, comme ici, adultes - au plus avancé, et cela en cinq langues !

D'avoir entendu et suivi ces cassettes de si nombreuses fois par le passé, je les connais presque par coeur. Il n'empêche que la gymnastique peut s'avérer périlleuse lorsque l'on passe, au quart de minute, du banal *si, Pedro, me gusta mucho Paris* au tout aussi banal mais, pour les Français et pas seulement pour eux, infiniment plus difficile à prononcer *ich möchte mit meiner schönen jungen Freundin Gudrun spazierengehen* .

La pauvre ville de Maastricht, qui n'est même pas allemande, n'a-t-elle pas droit, autant de la part des politiciens que des journalistes oeuvrant de ce côté du Rhin, à des entorses telles que: Ma Trique, Maîtresse, Mais il triche, ou encore, Mas de Riches?

La dame de la cabine numéro 5 vient d'entamer sa trentième leçon d'italien. Elle répète les phrases en articulant chaque mot avec une telle délectation, malgré son accent pointu à couper au couteau, que c'en est contagieux. Elle doit être, nul doute, une habituée de la Péninsule. Ah si tous les élèves approchaient les langues avec autant de goût et de diligence!

Mais qu'a donc le jeune homme du numéro 11 ? Cela fait déjà trois fois qu'il reprend le même exercice, et lui, par contre, n'a pas l'air content du tout. C'est la conversation téléphonique qui lui donne tant de fil à retordre. Il faut admettre que les répliques de l'interlocutrice sont débitées à une telle vitesse! ... *No, Sir, I'm afraid Mr. Brown won't ... he flew directly to ... please ... and your ...*

«Mais je comprends jamais que la moitié de ce qu'elle dit. Le type lui, pourtant, est clair. Qué putain de langue ! Chaque personnage a l'air de parler avec un accent différent. Et moi qui dois aller rencontrer ces gus à Chicago dans quelques semaines. Ca me fera une belle jambe. English de mes deux, saloperie va!»

Si j'interviens auprès de ce jeune loup - il en a toutes les caractéristiques, même les crocs -, je vais pouffer de rire, et alors, il risque d'y avoir des étincelles. Pas très professionnel de ma part, mais ce sera pour une autre fois. De toute façon, il est trop fier pour me demander de l'aide. Oh là là, il faut que j'arrête le massacre au numéro 20; elle chuinte et zozote comme le serpent persifleur du Robin des Bois de Walt Disney. Si elle l'a vu, j'espère que c'était en V.0.

«Mademoiselle, veuillez recommencer la phrase, mais en plaçant le bout de la langue entre les dents, comme si vous le mordilliez.

Non pas 'zôze' et 'zette', mais 'thththose' et 'thththat'. Oui, je sais, ce n'est pas très confortable, mais essayez encore.»

«Izz zette your ette ... je ne parviendrai jamais.»

«Mais si, mais si, allez, encore un petit effort. Répétez après moi: 'Is thththat your hhhhat?' le h non aspiré, comme si vous soufflïez sur vos mains à moins 10 degrés pour les réchauffer.»

«z zette ...»

Bon, j'ai compris, mais au moins ne commet-elle pas d'erreurs grammaticales. Il faut absolument que Deidre la prenne en mains, saméthode est aussi spectaculaire qu'efficace et, comme je la connais, elle lui fera imiter tous les bruits de la jungle tout en l'obligeant à mâchouiller un crayon. Ze poor girl. Mais aux grand maux, les grands remèdes.

Quoi, déjà midi moins le quart ! Ces coups de langue m'ont creusé l'estomac. *After this, I'll appreciate a good glass of red wine.*

Troisème semaine de novembre

Mercredi : Troisième séance avec le sieur Jean-Rémy Poussinet, Directeur commercial chez Bébépharm. Comme il hésitait entre le programme de cours semi-intensif que nous proposons à nos clients pressés mais ayant déjà une base, et celui de l'immersion totale, au régime franchement tyrannique, je lui ai conseillé d'opter pour le premier. Son ambition étant de conquérir les marchés du Sud-est asiatique «où il vaut mieux appâter le petit du tigre que se laisser conter fleurette par ses parents», en même temps que de «pouvoir enfin engager une simple conversation en anglais, sans avoir l'air d'un demeuré». De toute manière, il n'allait entreprendre son voyage de prospection en Orient qu'à l'automne de l'année prochaine. «Et puis», ajouta-t-il, «je viens de souscrire un abonnement à la télé par cable. Il faut donc, mon vieux, que vous me donniez les moyens de suivre les nouvelles de CNN et de la BBC, sans parler des films américains dont j'e suis très friand.»

Le ton était donné. À propos de ton, le sieur Poussinet s'est quelque peu amadoué depuis notre entrevue initiale. Il m'avait dès l'abord mitraillé de questions sur la fiabilité de nos méthodes, car, prévint-il, refusant de s'asseoir, «Je ne veux pas que vous me

berciez d'illusions, surtout que mon temps est précieux. Pensez-vous honnêtement qu'en quelques mois de cours intensif, je pourrai vraiment maîtriser la langue ? Inutile de mentionner les quatre années d'anglais appris au lycée avec cette vieille bringue desséchée et misanthrope que nous avions pour prof et qui nous faisait tout apprendre par coeur, et du Shakespeare en plus, vous voyez le topo.»

Il m'avait fallu une demi heure de patiente explication pour le convaincre que si nous étions bien une entreprise commerciale qui ne manquait certes pas de concurrents mais dont la notoriété datait de la moitié du siècle dernier, nos méthodes, elles, continuaient d'évoluer en tenant compte des progrès de la bureautique et de l'interaction entre les outils les plus sophistiqués de la communication, tels que la télécopie-laser, le micro-ordinateur à haute définition et le téléphone digital visuel.
Ces précisions, un tantinet amphigouriques, eurent l'heur de lui plaire.

«Et de toute façon», renchéris-je, le ton soudain grave et fronçant les sourcils, «je me fais un point d'honneur d'obtenir de mes élèves qu'ils tirent le plus grand parti de mon enseignement, pour peu qu'ils soient motivés. J'espère que vous l'êtes!»

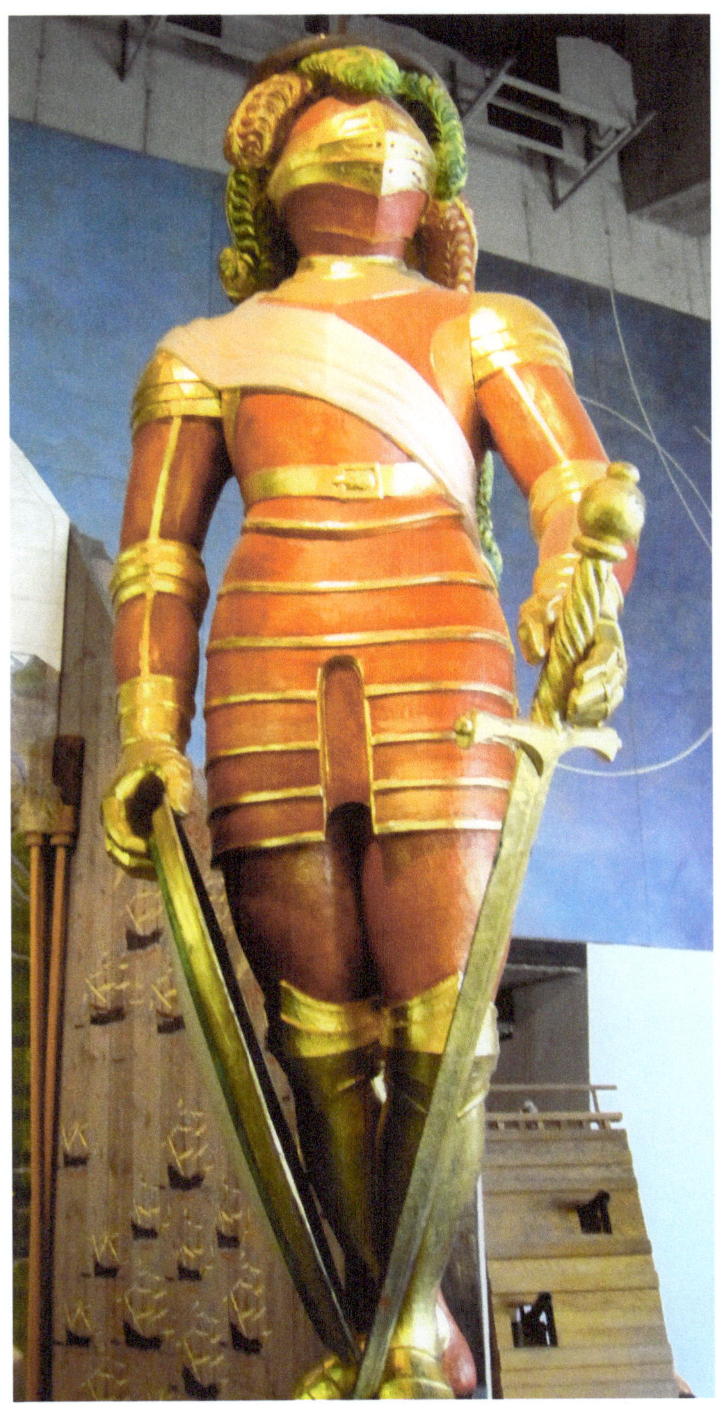

Cette question lancée a brûle-pourpoint l'avait désarçonné, car sans que je l'y réinvite, il prit place en face de moi et croisa docilement les mains.

Sur ces entrefaites, je lui adressai directement la parole en anglais, appliquant ainsi la méthode dite directe. Ce qui effaça comme par enchantement toute la morgue de son menton volontaire. Il avait, en outre, cessé de faire jouer les muscles de ses mâchoires, tandis que ses yeux se laissaient lentement envahir par des pupilles très noires et très attentives. Cela m'a toujours fasciné de découvrir quels effets l'apprentissage d'une langue étrangère peut avoir dès les prémices sur le comportement d'un individu car, je me souviens, petit, comme il était mal vu ou, tout au mieux, suspect, de parler autre chose que la langue de son entourage. Tandis qu'aujourd'hui je pourrais me vanter de ces quelques connaissances linguistiques - les prétentieux m'ont toujours exaspéré - alors qu'il me faudrait plusieurs vies pour acquérir tous ces idiomes que je rêve de maîtriser: le russe et le chinois, le japonais et l'hébreu, l'arabe et le xhosa, et tant d'autres encore, sans compter le langage méconnu et si négligé des animaux -, autrefois j'en éprouvais de la gêne, gêne accrue par les quolibets occasionnels de mes camarades de classe, mais plus

encore par l'attitude agressive d'un prof de français. Elle était tellement anglophobe que lorsqu'elle m'appelait au tableau, fut-ce pour un exposé ou une simple récitation de poésie, elle ne manquait pas de citer l'une ou l'autre anecdote historique dans laquelle les sujets de sa Gracieuse Majesté n'en ressortaient jamais moins que scélérats, hypocrites ou perfides. Et j'étais si intimidé, convaincu qu'elle en avait personnellement après ma mère et moi, que je me mettais à bafouiller et recevais une mauvaise note.
Et que dire, alors que nous nous trouvions au Congo Belge, des rares élèves africains dont la langue, le kiswahili, n'était même pas digne d'être relevée, parce que considérée inculte?

Monsieur Poussinet, lui, ne craindrait pas ce genre de réaction.

Vendredi : Il commence à m'être sympathique, le sieur Poussinet, car il fait un réel effort de compréhension. Il a d'ailleurs cessé de me traiter comme un subalterne et, maintenant, c'est lui qui me rend des comptes. En effet, je lui ai imposé une série de devoirs à domicile, lui conseillant de réviser quelques exercices sur cassette et de me faire un résumé, en anglais, d'un texte de son choix, pris

Michel-Ange

dans la revue Time ou dans l'International Herald Tribune. Il m'a rapporté un article sur Madonna et m'a parlé de la star en termes plutôt croustillants, allant jusqu'à me demander: «How do you say 'elle fait bander' in English ?»

J'en ai entendu d'autres au cours de ces années, mais de la part de Monsieur Poussinet, qui naguère encore me toisait, c'était assez inattendu. Comme je le disais plus haut, je ne me lasse pas de constater à quel point les gens, confrontés à une langue étrangère, lorsqu'ils commencent à y prendre plaisir, perdent, qui plus, qui moins, leurs inhibitions, comme si tout à coup les notions d'autorité, de différences sociales, voire d'éthique, pouvaient se gommer.

À y réfléchir de plus près, c'est peut-être la crainte même de ce chambardement intérieur qui, inconsciemment empêche la majorité des personnes de franchir le seuil de la barrière linguistique. Ainsi, pour certains, pénétrer une autre langue équivaut à se jeter pieds et poings liés dans l'aventure, une jungle aux sonorités tantôt harmonieuses et vaguement familières, telles ces chansons que l'on fredonne mais dont les paroles restent inaccessibles, tantôt confuses ou effrayantes - aux roucoulades des oiseaux tropicaux et aux cris aigus des singes viennent se mêler

les rumeurs et les bruissements d'animaux parfois dangereux que le camouflage des feuilles ou des hautes herbes rendent plus féroces qu'ils ne sont en réalité. Ceci me porte à dire que l'homme a la fâcheuse tendance de se laisser piéger par son imagination, cette imagination qui le rend si inventif, mais qui est aussi la source de tant de phobies et qui, trop souvent, fait de lui l'esclave de ses propres symboles.

Il semble a présent que j'aie gagné la confiance de Monsieur Poussinet : il insiste pour que je l'appelle par son prénom, "comme chez vous les Américains", et va même jusqu'à me parler de sa femme et de ses deux gosses, me montrant une photo de famille prise dans le jardin de leur maison de campagne, chose qu'il n'aurait jamais faite en d'autres circonstances, encore moins si nous communiquions en français.

Il me raconte une anecdote assez polissonne qui lui est arrivée le mois dernier tandis qu'il se trouvait en voyage d'affaires à Manchester. Sa chambre se situait au fond du couloir d'un vieil hôtel du centre-ville, juste en face de celle qu'occupait une timide et jolie rousse qu'il avait déjà repérée dans la salle à manger, où elle dînait seule.

«Mes clients venaient de rentrer chez eux,» me dit-il, «et comme il était encore tôt, j'ai été vers la jeune femme qui de toute évidence se morfondait dans son coin et je l'ai invitée pour le café. Elle a rougi comme une pivoine mais a accepté quand même. Au début, elle n'a pas pipé mot et semblait embarrassée. Avec mon anglais bancal je lui ai demandé en rigolant si elle n'était pas une apprentie espionne. C'est alors qu'elle m'a fait comprendre, avec quelque hésitation qu'elle s'était déplacée de son village des Midlands pour une affaire d'héritage. Lorsque nous sommes montés pour rejoindre nos chambres respectives, je me suis dit que je serais bête de ne pas profiter de la situation. Tenant ma porte entrouverte tandis qu'elle cherchait à introduire la clé dans la serrure de la sienne, je lui ai murmuré de venir chez moi. Elle m'a regardé avec une drôle de moue et comme j'insistai, elle a plissé les yeux et susurré ce qui m'avait semblé être: "Je t'adore", en français. "Moi aussi je t'adore", lui ai-je répondu. Elle a répété sa phrase. C'est alors que je suis allé vers elle et ai essayé de l'embrasser. Elle m'a soudain donné un féroce coup de genoux dans les parties, et ce n'est qu'en la prononçant pour la troisième fois que j'ai saisi le sens véritable de sa phrase. "Shut the door!" dans sa mignonne petite bouche en cul de poulet s'était transformé

à mes oreilles en "Je t'adore".»

Après cet incident je me suis dit: «Jean-Rémy, ta virilité est en jeu, il est temps de te remettre à l'anglais.»

Dernier mois de l'année

9 décembre: Depuis la semaine dernière, une quinzaine de comédiens viennent prendre des cours chez nous. Livia de Babiol-Nash exulte: c'est elle qui a décroché ce contrat auprès de la guilde du spectacle dans le cadre de la formation continue.

Je me rappelle, il y a quelques années, lorsque j'enseignais dans un institut près de l'Odéon, avoir eu pour élèves des acteurs dont certains étaient très connus. A de rares exceptions près, et contrairement à ce que j'aurais pu croire, ils se montraient à la fois disciplinés, studieux, plein d'imagination et toujours bien disposés, et ce malgré le fait que nombre d'entre eux se trouvaient au chômage ou espéraient encore décrocher un premier rôle. Je garde de leur passage un souvenir affectueux, d'autant que, depuis ma plus tendre enfance, je n'ai cessé d'aspirer à ce métier que je tenais pour le plus magique au monde, même si je sais aujourd'hui combien cruel peut être l'envers du décor.

Je me réjouissais donc cet après-midi de recevoir Marianne B. pour un cours d'italien. Cela avait débuté sous les meilleurs auspices. La comédienne, une femme à l'allure dégingandée, un peu comme ces adolescentes qui ne finissent pas de grandir, aux yeux caves et toute tachetée de son, se mit dès l'abord à me bombarder de questions sur mes goûts artistiques et littéraires. Elle hochait la tête avant même que je n'achève mes phrases et passait à la question suivante, manière de me signifier son approbation. Elle parlait, elle parlait, avec un tel débit que j'en avais le tournis. De temps en temps, un son caverneux montait de ses bronches et devenait sibilant.

«J'ai un souffle au coeur», m'expliqua-t-elle la première fois, se tapotant la poitrine. J'ai profité d'une de ces pauses pour la rappeler à l'ordre:

«*La lezione, signorina* !»

«*Andiamo*», me dit-elle alors, le sourire en coin, «Je devais m'assurer que nous étions bien sur la même longueur d'onde. Car, voyez-vous, Gianni, je suis trop épidermique pour pouvoir fonctionner avec des gens que je ne sens pas. Cela, bien sûr, me pose quelques problèmes, et pas seulement dans la profession.»

12 décembre: Marianne B. s'applique avec assiduité, se délectant dans la conversation. Seulement voilà, elle la mâtine de mots français, mais, plus grave surtout, d'espagnolismes, car au lycée, elle avait choisi le castillan comme deuxième langue, ainsi mélange-t-elle allègrement *buono* et *bueno* , *cinque* et *cinco* ou encore *parlare* et *hablar* , ce qui donne un cocktail assez particulier, que j'ai baptisé, pour la circonstance, 'l'espa-fr-it', 'franc esprit' me paraissant quelque peu austère et, de toute façon, mal à propos.

Comme elle a tendance à s'emballer et répète à qui veut l'entendre que *vivre sin pasion non é vivere* - sa phrase de prédilection, à l'instar de l'ancien Trans Europ Express, les wagons sont de diverses nationalités, exemple type de cet 'espafrit' dont elle a la primeur -, je suis parfois contraint de sévir et de briser son élan. Elle me fixe alors d'un air à la fois triste et hébété, comme si je venais de commettre à son égard quelque méfait, ou pis encore, une trahison.

Je l'ai plusieurs fois observée qui trépignait au fond du couloir, attendant son tour alors que j'étais occupé avec un autre élève. Son regard semble flotter, un peu perdu, à la recherche de quelque chimère, car ce que Marianne B. entend par passion tient

Mirabell
ECHTE SALZBURGER
MOZARTKUGELN
Mirabell

davantage de l'exaltation, une exaltation cadencée par son souffle au coeur. Il suffit que je cite le nom d'un réalisateur ou que je lui parle de tel coin de la Lombardie pour qu'aussitôt elle s'enflamme.

Aujourd'hui, je lui ai fait lire des vers de Pasolini. Et elle s'est mise à pleurer. Etonné, je lui ai dit:

«Vous ne devriez pas, Marianne, ce poème est un hymne à la joie, sentez donc la puissance qui en émane.»

«Justement,» m'a-t-elle répondu, «il avait un tel appétit de vivre, une telle rage de lutter contre l'hypocrisie de son époque que je ne puis me résigner à ce qu'il fût aussi lâchement, aussi stupidement assassiné. Finir comme un rat, dans une décharge publique, avec le talent qu'il avait et tout ce qu'il aurait encore pu nous offrir. Quel gâchis, quelle injustice!»

Ella manifestait une telle révolte, le timbre de sa voix vibrait d'une telle indignation, que pour un peu, on l'aurait assimilée, malgré l'évident anachronisme, à la famille spirituelle du poète-cinéaste, ou alors, n'ayant cueilli que les dernières bribes de notre conversation, on aurait pu croire qua ce crime avait été perpétré la veille contre quelqu'un qui lui était très proche, peut-être son meilleur ami.

C'est dans des cas comme celui-ci que le doute m'assaille et je me pose alors la question : comment garder ses distances avec des personnes aussi vulnérables, aussi écorchées que Marianne B, et ne point paraître de marbre ? Jusqu'où faut-il pousser l'intimité ? La toile qui se tisse entre deux êtres de part et d'autre de la 'passerelle' linguistique est si ténue que l'on risque de s'y emmêler, sans même s'en apercevoir. Parfois, fort heureusement, le piège se révèle avec plus ou moins de clarté, avant qu'il ne devienne fatal, comme avec Madame Mercadet. Cette pimpante grand-mère de Neuilly, à l'haleine de cannelle et à la chevelure permanentée rose nacre, vient à l'Institut parfaire son anglais, car elle adore parcourir le monde et prépare un voyage au Japon.

«Voila bientôt sept ans que mon regretté mari est décédé. Nous étions si unis», m'a-t-elle confié, «que je ne parviens toujours pas à combler le vide qu'il a laissé derrière lui, sauf durant les week-ends, lorsque je peux m'occuper de mes petits-enfants. Et malgré le fait que je consulte un psychanalyste - une idée de ma fille"» a-t-elle poursuivi, en écarquillant les yeux, «je ne peux rester plus de trois mois sans prendre un train, un avion ou un bateau. Il ne cesse de me répéter que je choisis la facilité en prenant ... la fuite. Qu'y a-t-il de plus exaltant que de découvrir

une ville, un pays, d'autres horizons ? La fuite, la fuite, il commence à m'enquiquiner, celui-là, avec ses théories; à croire qu'il est jaloux.»

Un matin, toute joyeuse, ma petite grand-mère m'annonce: «Je dois vous avouer quelque chose, Jim, dear, je me sens tellement mieux avec vos cours d'anglais que j'ai laissé tomber le psychanalyste. Ma fille, bien sûr, n'en sait rien, mais je suis une adulte, non ?»

Interloqué, je lui ai serré le poignet, sûrement trop fort, car elle a poussé un petit cri. «*Excuse me, Mrs Mercadet*», lui ai-je alors dit, sévère, «*I'm your teacher, not your doctor.*» Elle a commencé par protester, me couvrant de compliments, mais je n'ai pas démordu et je lui ai fait promettre de retourner voir son psychanalyste.

Revenant à Marianne B., je me rends compte que si je lui montre un peu trop d'empressement, elle est capable de m'aspirer dans son tourbillon existentiel. J'ai dû d'ailleurs la détourner du pauvre Pasolini, qu'elle continuait d'appeler Pier Paolo, de peur qu'elle ne s'effondre, en lui racontant mes déboires lors de mon dernier voyage en Sicile.

C'était l'été dernier à Naxos, dans le sud de l'île, non loin de Taormine. Je m'étais réveillé ce matin-là plus tôt que d'habitude et m'apprêtais à aller à la plage lorsque j'entendis une rumeur provenant du hall de l'hôtel. Puis je vis sortir d'un ascenseur un couple d'un certain âge. Ils étaient très excités et la femme portait un survêtement de coton qui laissait entrevoir son maillot rouge à pois blancs, tellement elle gesticulait. Avec son fort accent vaudois, elle répétait à son mari: «Si je m'étais écoutée, nous aurions au moins encore nos papiers d'identité et une partie des travellers chèques. Mais toi, tu as tout voulu leur confier. Ah, si je m'étais écoutée!»

Lorsque je leur ai demandé comment s'était produit le vol, elle m'a fulminé du regard : «Parce que vous n'êtes pas au courant ? Des gangsters sont venus à deux heures ce matin et ont dévalisé tous les coffres de l'hôtel. Mais ce n'est pas tout, les malfrats ont pris en otage le gardien ainsi que deux musiciens de la boîte de nuit.»

J'ai senti immédiatement mes tempes s'enfiévrer et, me précipitant vers la source de la rumeur, je me suis retrouvé quelques secondes plus tard au beau milieu d'une foule bigarrée et vociférante que le directeur de l'hôtel et trois carabiniers tentaient

de contenir. Plaintes et insultes fusaient en italien, en allemand, en néerlandais et en français, avec ci et là des lamentations en anglais et des récriminations en espagnol. Dans ce feu d'artifice linguistique resurgissaient les vieux démons de l'Europe, avec sa kyrielle de préjugés et de stéréotypes que Jean (Monnet), Charles (le Général), Konrad (Adenauer) et leurs émules s'étaient tant évertué a combattre.

Quelqu'un prétendait que la chose avait été ourdie par la mafia. Un autre rétorquait : «Pensez-vous ! Comme tant d'autres secteurs de l'économie sicilienne, cet hôtel doit leur appartenir. Ils n'ont aucun intérêt à faire déguerpir les touristes.» Renchérissait un troisième : «A moins qu'il ne s'agisse d'un règlement de comptes entre clans.»

Il y eut même quelques prises de bec entre les vacanciers eux-mêmes. Et aux amabilités du genre: "peuple de voleurs", "maîtres de la magouille", l'on contrait par des flatteries non moins subtiles, comme: "bouffeurs de saucisses", "têtes de lard" ou "tas de grenouilles".

Au milieu de cette confusion, je reconnus Elena, la représentante locale, courte sur pattes et toute en rondeur, de l'agence de voyage à Paris. Elle était assaillie de questions autant

que de revendications menaçantes, au point où elle dut hurler pour se faire entendre.

Lorsqu'elle annonça qu'elle rentrait de suite à Catane afin de recueillir des bons de repas et de nuitées ainsi que des avances d'argent pour dépanner ceux des clients qui comptaient, malgré 'le fâcheux incident', poursuivre leur séjour dans l'île, je m'approchai d'elle et lui demandai discrètement, en italien, si je pouvais l'accompagner. Elle était d'abord réticente et me répondit qu'elle ne pouvait pas faire de distinction.

«*Per favore*, Elena,» insistai-je, avec mon sourire le plus charmeur. C'est ainsi que je m'embarquai dans sa Fiat Cinquecento rouge, semi-décapotable, à l'insu de mes infortunés congénères. L'habitacle était empreint d'une odeur poivrée de paille tressée, à laquelle se mêlait celle de fruit acidulé que dégageait Elena. Moite de transpiration et le teint du chausson aux pommes que l'on vient de retirer du four, elle avait, en dépit de ses grosses lunettes à écaille et de son apparence boulotte qu'accentuait sa robe trop serrée à la poitrine et aux hanches, quelque chose d'appétissant. Cela tenait sans doute à la texture de sa peau. Elle parlait avec une certaine componction, en articulant bien chaque syllabe, comme si, en permanence, elle s'adressait à

Felice a chi gli
Gela proprio la

une classe de bambins, ce qui, ajouté à l'angoisse d'avoir perdu mes papiers, mon argent et les clés de mon appartement, commençait à m'agacer. En plus, elle avait un cheveu sur la langue.

Durant tout le parcours sur l'autoroute, où nous vîmes défiler, en alternance, la côte escarpée et les collines au paysage tantôt lunaire, tantôt en friche, avec à l'arrière, l'Etna, superbe et menaçant - il avait encore tué la saison précédente -, une envie impérieuse et carnivore me démangea de pincer les bras potelés de mon accompagnatrice, voire de lui mordre la joue.

Quand nous entrâmes dans Catane que j'avais autrefois visitée et que, contrairement à Palerme, je trouvais non seulement laide mais déprimante, parce qu'entièrement bâtie avec de la pierre de lave, ce qui lui conférait un aspect endeuillé, je priai Elena de me déposer au consulat de Belgique. Nous convînmes de nous retrouver à son agence vers le milieu de l'après-midi, après mon passage à l'American Express pour le remboursement des chèques volés, car elle en aurait eu pour quelques heures à émettre et a rassembler les bons de restitution destinés à cette pauvre clientèle soudainement démunie. J'en faisais partie, bien sûr, mais m'en démarquais par le simple fait d'avoir pris, in extrémis, cette

initiative, me souvenant que j'avais, enfouie dans mes gènes, encore une parcelle de débrouillardise - cette fameuse 'combinazione', grâce à quoi les miracles sont encore possibles en Italie.

Ainsi, ayant franchi le seuil d'un vétuste hôtel particulier au porche ouvragé, sombre comme le granit, je montai, escaladant, deux à deux, de grandes marches de marbre polies par l'usage et traversées de lézardes, jusqu'au troisième étage où se trouvait le consulat.

Que ne fut ma surprise, lorsqu'après avoir sonné deux longs coups, je m'aperçus que la porte était entrebâillée et que, ne voyant personne, j'ai pu m'introduire dans les lieux et les examiner à mon aise, en toute impunité. Le portrait officiel du couple royal Albert-Paola trônait au-dessus d'une bibliothèque basse en palissandre, tandis qu'à droite, longeant la moitié du mur, et dans le même bois précieux, se tenait un vaste bureau. Outre la canicule qui, malgré les volets semi clos, vous agrippait sournoisement telle une pieuvre invisible, et l'odeur de paperasse et de vieux meubles que l'on eut dit figée depuis des décennies, il régnait dans cette pièce une atmosphère oppressante de désordre et de solitude, pareille à l'univers ensommeillé de la 'Belle au bois dormant'. Cela se

traduisait par des détails : un dossier ouvert et posé en biais, un stylo plaqué-or, datant des années cinquante, séparé de son capuchon, quelques taches d'encre éparpillées sur la page d'un agenda, une corbeille à papier au quart vide et la poussière, oui, cette poussière omniprésente, que l'on remarquait aussi bien sur le rebord d'un classeur que sur les larmes de cristal des deux appliques enserrant le haut miroir rococo situé au-dessus d'un âtre qui ne servait plus que d'ornement. D'ailleurs la ville entière semblait être couverte d'un éternel voile de poussière, poussière alimentée par le sirocco venant du Sahara et à laquelle se mêlaient les épisodiques pluies de cendre dont l'Etna gratifiait toute la région.

De derrière le lourd rideau de brocard qui dissimulait une porte, émergea soudain un homme maigre, aux rides très prononcées. On ne pouvait lui donner d'âge, en dépit de ses abondants cheveux couleur lait-caillé. Il portait une cravate toute torsadée et un vieux costume élimé dont il était difficile de dire s'il tirait plutôt vers l'anthracite ou le marron foncé, tellement celui-ci était fripé, tout comme ses paupières, sans doute alourdies par une longue sieste. Au premier abord, je crus qu'il veillait sur les lieux et lui demandai, en italien, si je pouvais voir le consul en

personne pour une affaire urgente. Il me regarda d'un air absent - il paraissait encore un peu endormi -, puis, à voix basse, comme pour s'excuser, il m'appris que c'était lui le consul ici à Catane. J'en étais éberlué.

Revenu de mon étonnement, je lui expliquai la raison de ma visite et le priai de m'établir un laisser-passer sur la base du constat de vol que je lui soumis. Il semblait fait de caoutchouc, comme ces êtres qui, lorsqu'ils doivent accomplir une tâche, même la plus anodine, se sentent perdus ou pour le moins dans l'attente que quelqu'un prenne une décision à leur place. Je n'ai pu m'empêcher de penser qu'il était peut-être alcoolique ou drogué, car il ne me posa aucune question et son regard demeurait toujours aussi vaseux. Devant tant d'hésitation, je sentais que mes nerfs allaient lâcher si aucune action n'était prise dans les minutes à venir. J'eus alors le toupet de demander au 'Signor Console' si nous pouvions accélérer les démarches, étant donné que je devais faire plusieurs courses avant de me rendre à l'agence de voyages, m'étant, bien sûr abstenu de mentionner l'heure du rendez-vous.

Comme il se mit a fouiller dans un tiroir, avec des gestes lents et indécis, je lui offris de l'aider, ce qui sembla beaucoup le soulager. Je finis par trouver moi-même le formulaire recherché et

nous nous sommes attelés tous les deux à le remplir, moi lui dictant quoi écrire, plutôt que l'inverse. Nous dûmes faire un peu le ménage avant de débusquer un timbre légal ainsi que le sceau du consulat.

Lorsqu'il apposa sa belle signature, toute en rondeurs, sur le document, je le remerciai de son 'empressement' et de son 'efficace collaboration', non sans lui souhaiter, un peu tôt, il est vrai: "*Buona notte, Signor Console* !"

Avant Noël

Lundi: Marianne B. a voulu absolument que j'aille prendre un verre avec elle après les cours, d'autant plus qu'elle se savait la dernière sur ma liste aujourd'hui. Il a fait froid mais sec et nous nous sommes un peu promenés sur les Champs Elysées, admirant les arbres déjà tout illuminés, ainsi que les chatoyantes décorations des vitrines. Ensuite, nous nous sommes dirigés vers la Galerie du Lido et avons pris place dans le salon de thé.

«J'ai une requête *molto importanto* à vous faire», m'a-t-elle annoncé dès que nous étions assis, «et il n'était pas approprié que nous en parlions à l'Institut, car c'est plutôt sérieux.» Elle a passé ses doigts dans ses cheveux et m'a dit: «J'ai décidé d'avoir un enfant, j'en ai terriblement envie. Un bambino, vous comprenez. *Bambino* ou *bambina*, peu importe, pourvu qu'il soit à moi.»

Le caractère à la fois grave et intime de cette confidence m'a mis mal à l'aise.

«Mais votre souffle au coeur ?» ai-je improvisé, avec une pointe d'hystérie dans la voix.

«C'est un risque à prendre, qui ne peut certainement pas être plus dangereux que les interventions que j'ai eues jusqu'à présent.

Mon médecin me garantit trois chances sur quatre. Nous n'avons qu'une seule vie, *caro* Gianni, et je suis prête à en assumer les conséquences. Vous imaginez mon bonheur si la chose réussit ! Et puis, ce n'est pas la première fois que je côtoie la mort. Elle a fini par ne plus me faire peur. Au milieu de tous mes déboires, j'ai ce détachement, d'autres l'appellent inconscience, que la plupart des gens m'envient.»

«Qu'en sera-t-il de votre métier de comédienne ? Vous n'allez pas l'abandonner ?»

«Je n'en ai jamais eu l'intention. Je rechercherai du travail quand l'enfant aura quelques mois.»

«Que dit votre ami ... euh, votre compagnon ?»

Alors, elle m'a regardé les yeux dans les yeux et m'a dit :

«Il y longtemps que je n'ai plus personne. J'aimerais que le père soit quelqu'un de plutôt intelligent et de bien constitué, *chè parla anchè l'italiano.*»

Incrédule, je l'ai fixée pendant quelques secondes sans ouvrir la bouche. Et elle a poursuivi:

«J'aimerais que vous en soyez *il papà* ! J'y ai réfléchi depuis une semaine. Oh, je vous rassure tout de suite, je n'ai aucune intention de m'installer avec qui que ce soit, ni de demander

l'aumône. *Il bambino* sera sous mon entière responsabilité, aussi bien financièrement que moralement. Vous pourrez, si tel sera votre désir, suivre l'évolution de l'enfant, ou au contraire, n'avoir plus aucun contact avec nous. Alors ... qu'en pensez-vous ?»

Tout à coup, une pensée incendia mon esprit et je me suis vu plongé en pleine ère nazie, au coeur de l'infâme programme du *lebensborn* où l'on appariait des jeunes gens blonds et sveltes pour 'créer l'homme nouveau de la race aryenne', tandis que par ailleurs des millions de gens se faisaient systématiquement liquidés sous prétexte qu'ils contaminaient le peuple allemand. La notion de purification ethnique, liée aujourd'hui au drame de l'ex-Yougoslavie, est venue s'interposer, comme un boulet entre moi et mon interlocutrice.

«Jamais !» ai-je tonné, «vous ne me ferez un coup pareil !» Des regards se sont alors tournés vers nous. Et comme je ne voulais pas d'esclandre, j'ai réglé l'addition sans même avoir entamé mon chocolat chaud et ai quitté la galerie. Marianne s'est précipitée derrière moi, et m'agrippant le bras, elle m'a dit sur un ton de panique :

«Mais voyons, Gianni, ne le prenez pas comme ça, c'est parce que j'ai de l'estime pour vous que je me suis permise de vous faire

partager le fond de ma pensée, *sinceramento*.»

Je me suis peu à peu calmé, me rendant compte que dans la tête de la pauvre fille cette idée que je trouvais saugrenue, voire démente, était issue d'une volonté tout à fait légitime, une idée qu'elle avait dû murir toute seule, après sans doute de terribles moments d'angoisse, car elle avait, si je me souviens bien, coupé depuis longtemps les attaches avec sa famille, restée, elle en province. Je devais, néanmoins, rester sur mes gardes et décidai de prendre mes distances avec cette femme chez qui la réalité et les fantasmes semblaient se rejoindre dangereusement. C'est alors que j'ai compris pourquoi elle ne pouvait vivre autrement que seule.

Heureusement, elle m'a dit, comme pour prévenir un autre éclat de ma part:

«Oubliez toute cette conversation concernant l'enfant, caro Gianni, je préfère garder votre amitié *e continuare a prendere lezioni d'italiano* . Non pas que je renonce à mon idée, mais je m'arrangerai autrement, en m'adressant peut-être à une banque de spermes. Enfin, ne vous en souciez plus!»

Malgré ses apaisements, cet incident m'a laissé un drôle de goût dans la bouche et je ne pourrai plus revoir Marianne B. sans penser qu'il ne tenait qu'à moi pour que le destin de deux, que dis-

je, de trois personnes, soit mis en jeu. S'il m'était donné le choix, je préfèrerais qu'elle poursuive ses cours avec un collègue. Le fait qu'elle tienne à ce que nous continuions à travailler ensemble m'apparaissait plus maintenant comme un fardeau qu'autre chose. Je devrais m'impliquer davantage sur le plan didactique, ce qui, avec Marianne B., *non sarà cosa facile* . Je me demande parfois si mon rôle n'est pas celui d'un amuseur public.

182

Début d'année glacial

Vendredi, 3 janvier: Jean-Rémy Poussinet (de Bébépharm) rentre d'un voyage au Texas et au Mexique.

«Dallas et Houston, c'était pour les affaires», m'a-t-il dit, «J'y ai visité plusieurs sociétés pharmaceutiques, ainsi qu'un centre médical spécialisé dans les maladies infantiles. Des projets de contrats que nous avons étudiés ensemble, trois ont été signés, et grâce à vos notes, mon cher Jimmy» - il doit être particulièrement satisfait, car jamais il ne m'a appelé par ce diminutif - «je les ai eu 'in ze pocket'. Malgré leur grande gueule et un accent à faire beugler toute la ménagerie - non mais qu'est-ce qu'ils parlent fort, à croire qu'ils ont tous des problèmes d'ouïe ! - ces cowboys sont plutôt sympathiques. J'ai d'ailleurs passé un week-end dans un ranch, avec barbecue, flonflons et compagnie. Pour couronner le tout, nous avons même eu droit à un spectacle rodéo digne de JR. Et Comme j'ai les mêmes initiales, du moins, en ce qui concerne mon prénom, le maître des lieux n'a rien trouvé de plus original que de m'appeler JR of Paris. J'avais l'air d'une marque de parfum bon marché. Mais ça, c'est l'humour des amerloques. Oh, excusez-moi, Jimmy, je ne voulais pas vous offenser. Que diriez-vous», a-t-

MAD DOG
WANTS
YOU TO
RIDE THE
BEAST

never forget
never forget
KENO

il poursuivi, à la fois pour s'excuser et parce qu'il avait envie de me faire partager ses récentes expériences, «si nous sortions ce soir, entre hommes, dîner dans un restaurant Tex Mex, près des Halles - ma femme et les gosses sont restés en Bretagne. Vous serez mon hôte, bien entendu. Ca nous réchauffera un peu, car, dites-donc, qu'est-ce qu'on se les gèle à Paris en ce moment! 'Freezing bulls', c'est bien comme ça que vous dites, non ?»

«*Balls*», ai-je rectifié, à voix basse, «bulls signifie taureaux».

«*Bulls have big balls*», a-t-il renchéri, «question de voyelles !»

«Et vous êtes un petit voyou !» lui ai-je fait, enchaînant dans un jeu de mots dont je regrettais aussitôt la niaiserie.

«Passons aux choses sérieuses, voulez-vous», ai-je alors dit sur un ton plus autoritaire, quelque peu embarrassé de la tournure que prenait notre conversation, d'autant plus que mon collègue, Timothy Smith, le grand rapporteur, enseignait dans une cabine proche de la nôtre. Je le voyais déjà ricaner: «Caméléhom donne maintenant dans la pornographic.»

Comme convenu, le soir, vers vingt heures, Jean-Rémy Poussinet et moi, nous nous sommes retrouvés dans un

sympathique bistro aux banquettes rustiques et au sol recouvert de sciure de bois. Entre un bock de bière, une salade d'épinards frais, des 'spare ribs' et un plat de 'chili con carne', Jean-Rémy a éprouvé le besoin de me faire quelques confidences. C'est ainsi qu'il m'a parlé de son frère Roland, un artiste, installé dans une petite ville du Mexique, à qui il venait de rendre visite.

«J'ai toujours eu un faible pour lui», m'a-t-il avoué, «même s'il n'a pas toujours agi de manière très responsable. Il est devenu un peu la bête noire de la famille, surtout après sa ... défection - Car il s'est séparé de sa femme et de son petit garçon, pour s'adonner entièrement a la peinture. Un peu comme Gauguin, autrefois. A part son fils, Je suis le seul avec qui il ait voulu rester en contact.»

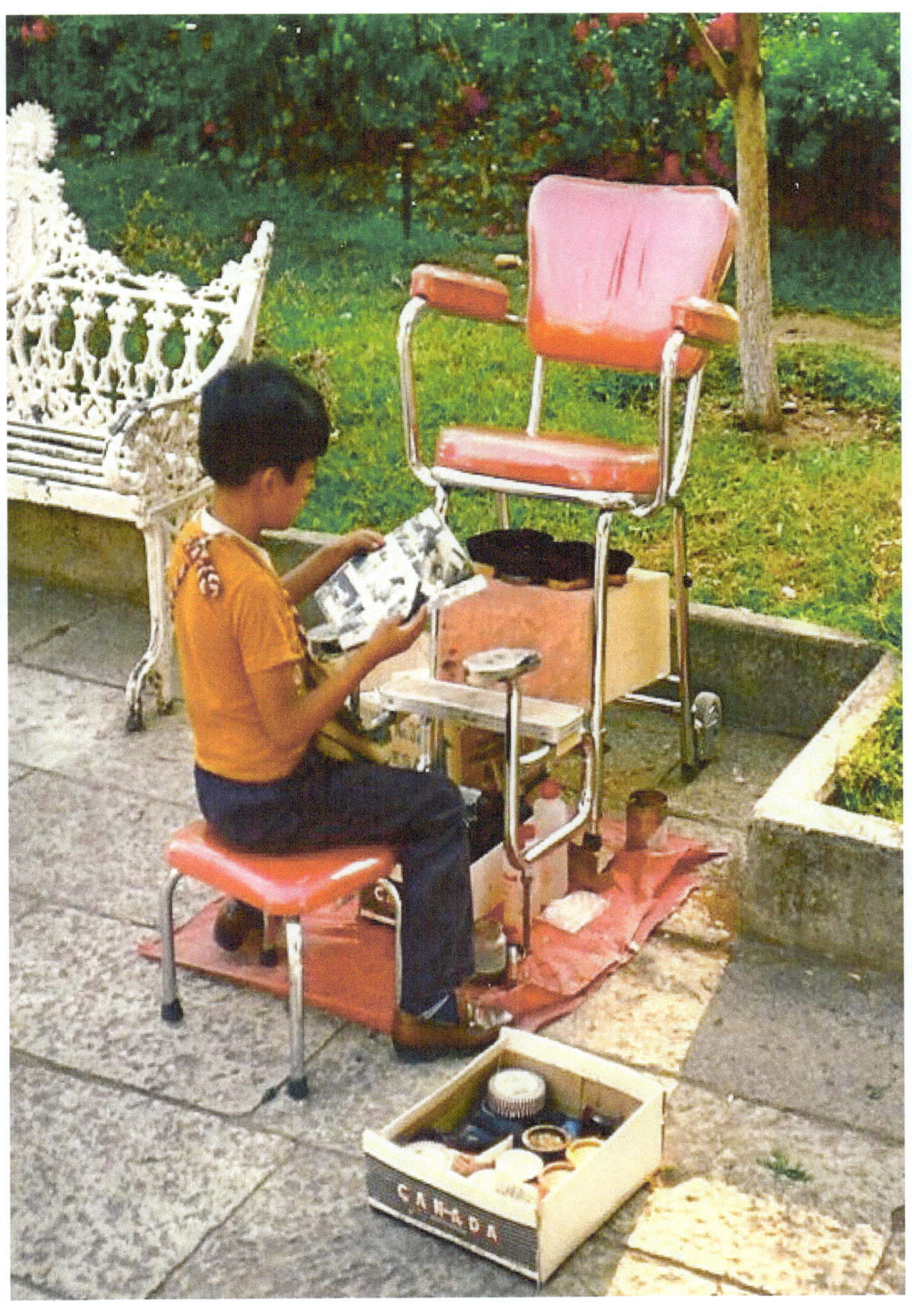
CANADA

Vendredi, 13: Malgré ma résolution de ne pas m'impliquer dans la vie privée de Marianne B. et mes efforts 'psycho-pédagogiques' - un exercice qui s'avère parfois épuisant -, je ne réussis pas toujours à me soustraire à son emprise et me laisse de temps en temps encore piéger. Cet après-midi, après m'avoir raconté une histoire abracadabrante au sujet de deux de ses amis, un homme d'affaires milanais se prénommant Walter (!!?) et une Américaine, comédienne comme elle, rencontrée il y a quelques années au Conservatoire à Paris, Marianne B. a fini par me convaincre, invoquant une situation 'frisant la catastrophe' pour le couple, d'écrire une lettre à cet ami italien afin qu'il ne brusque pas la jeune femme, car celle-ci traversait une phase dépressive. Comme Marianne B. me demandait constamment mon avis pendant que je rédigeais cette missive en italien, je me suis rendu compte, trop tard, car elle l'a mise à la poste dès que l'enveloppe fut scellée, que la lettre contenait surtout des recommandations émanant de moi. Je m'en sens doublement coupable, d'abord parce que je me suis prêté à son jeu, et ensuite parce que ces lignes qui auraient pu être extraites d'une histoire de 'Nous Deux', pourraient susciter des réactions imprévisibles, alors que je ne connais ces personnages ni d'Eve ni d'Adam.

Première quinzaine de février

Deuxième lundi du mois: Jean-Rémy Poussinet m'épate. Il a tellement pris goût à l'anglais que c'est lui, maintenant qui me conseille quel nouveau film américain je devrais aller voir, m'apprend quelle pièce de théatre la Royal Shakespeare Co., de passage à Paris, se joue en ce moment dans la capitale, ou m'indique les expositions et les ballets à ne pas manquer. Et de temps en temps, il m'apporte l'une ou l'autre revue anglo-américaine paraissant en France, tels que Boulevard ou Free Voice. Nous épluchons ensemble certains articles d'intérêt culturel ou sociologique, et il me demande parfois de l'aider a répondre à des annonces coquines. Car Jean-Rémy Poussinet, le bien marié et heureux père de famille, est un sacré coureur de jupons. Du moins, c'est ce qu'il me laisse entendre. Peut-être s'agit-il davantage de fantasmes que de faits réels.

SALE

Début mars

Jean-Rémy Poussinet revient de Milan où il a participé à un congrès pharmaceutique, et lorsque dans la conversation il a mentionné l'Osteria del Vecchio Canetto, ce merveilleux restaurant de fruits de mer, situé dans une cave rustique, j'ai été pris de nostalgie. Quand il a su que j'avais passé près de dix ans dans la capitale lombarde, il m'a posé un tas de questions sur la vie que je menais là-bas.

«Donnez-moi donc des tuyaux, dear Jim, car je devrai y retourner dans quelques mois et puis plus régulièrement à partir de l'année prochaine. Nous étudions en effet la *possibility* d'un partenariat avec une grande firme italienne.»

Il m'a avoué être surpris du fait que les jeunes cadres de sa génération, contrairement à leurs ainés qui, eux, parlaient bien le français, préféraient communiquer en anglais. «La *solidarity* latine fout le camp, la tendance est la même en Espagne, ainsi d'ailleurs qu'au Portugal. *But that's life, isn't it, Jim* ? C'est bien pour cela que je me trouve ici en face de vous. «N'empêche», a-t-il ajouté, avec une pointe de chauvinisme, «le français est quand même la

plus belle langue du monde, *don't you think* ? Autrefois, toutes les cours européennes la parlaient, et elle reste encore aujourd'hui la langue diplomatique par excellence. Mais je me fourvoie, *dear* Jim, parlez-moi plutôt de vos expériences milanaises et des gens que vous y avez connus. Ils m'ont l'air assez distants et je ne parviens pas très bien à les cerner. Je dirais même qu'ils ont quelque chose de germanique.»

Quand le temps s'emmêle

II m'arrive, au coeur de la nuit, de me réveiller en sursaut et de me demander si c'est Gianni qui, dans le rêve précédent, venait de claquer la porte à Feyen, Feyen qu'il avait tant aimée, et qu'un autre homme, bien plus âgé que lui a épousée. Alors, Jim lui rappelle que nous sommes à Paris en 2013 et non dans le Brooklyn des années quatre-vingt-dix. Je me dis alors que je me suis trompé de ville et d'époque, car Gianni était bien plus heureux du temps où Feyen et lui projetaient de refaire le monde, à l'image de leurs sentiments. Et il arrive, qu'au cours de la même nuit, je retrouve Jim en pleurs, parce qu'Alphonse, le cuisinier luba, lui a appris quo son chiot a été écrasé par une voiture. C'est tellement loin, I'Afrique, lui dit Gianni pour le consoler. Je me rendors, et dans un autre rêve, je croise Jim dans la Galerie Victor-Emmanuel à Milan en compagnie de sa femme et de leurs deux enfants. II a un air qui ne me plaît pas et qui ne lui sied d'ailleurs guère. Est-ce pour cette raison que Jim et Gianni ont tous deux divorcé et qu'ils ont choisi de vivre à Paris ? Heureusement qu'il y a les rêves, cauchemardesques ou non, sans eux, Jim rendrait fou Gianni, et vice-versa. Mais il arrive aussi que les deux prennent congé, en

même temps, c'est alors qu'apparaît Dominique. Et lorsqu'on me pose la question de mon identité, je réponds qu'elle n'existe pas selon les conventions pré-établies, qu'elle est le voyage au long cours de la mémoire, tel qu'Ulysse I'a connu, qu'il se déroule dans la tête, dans l'espace ou dans le temps. Ou dans les trois à la fois. Et c'est pour cela que j'admire tant les caméléons, car ils ont pour eux leur atavisme, aussi bien que l'art d'improviser.

LES HÔTES DE L'ENCLOÎTRE

Ai-je rêvé qu'il y avait une prison à L'encloître ou bien est-ce la visiteuse qui l'a inventée ? Mais il existe tant de prisons non signalées sur les cartes de la solitude, sans mentionner celles de la mémoire, que je me demande parfois s'il n'est pas criminel de vouloir à tout prix guérir les amnésiques. Il serait pourtant si doux, qu'en se mirant dans la glace, l'on se redécouvre, sous nos masques d'adulte, le temps de quelques battements de cils, des airs de Merlin l'Enchanteur.

C'est d'ailleurs à cause de Merlin et aussi du Petit Poucet - mais cela, elle l'a révélé, bien plus tard, à Sioux, son chat septenaire et seul vrai confident au manoir - qu'Eglantine de la Palombière a décidé, voilà près de 20 ans, de consacrer une après-midi par semaine à ces hôtes très particuliers qu'elle appelle 'mes incorrigibles garnements'. Quant à son époux, ancien colonel ayant conservé, dans sa retraite, un goût marqué pour la chasse au

petit gibier, il se demande encore parfois, avec indulgence, quel goût sa bien-aimée trouve à se mêler ainsi aux tôlards, alors qu'elle a écarté de son cercle de connaissances des gens 'infiniment plus fréquentables'.

Ce soir, en rentrant de sa visite, comme à l'accoutumée, c'est au repas de Sioux qu'Eglantine donne la priorité, car cet aristochat ne prête vraiment l'oreille qu'après avoir déchiqueté quelque cuisse de caille ou de pigeonneau, cuite au court bouillon et agrémentée d'herbes de Provence. Il va sans dire que Sioux privilégie plus que tous les autres jours, celui où sa maîtresse se rend chez les prisonniers. C'est son dimanche à lui.

"Je suis frigorifiée, mon bon Sioux, par un temps pareil, j'aurais tendance à écouter le colonel. Braver les intempéries et, aujourd'hui, le verglas, au risque de provoquer un accident, cela en vaut-il vraiment la peine ? D'autre part, j'ai une responsabilité morale vis-à-vis de mes trois gaillards, surtout que Noël approche. Ne soyons pas hypocrites, Sioux, les fêtes de fin d'année sont pour eux les moments les plus tristes, c'est bien pour cela que notre réconfort est nécessaire. Mais vous sifflez, le chat, douteriez-vous de ma sincérité, ou bien la charité chrétienne n'a-t-elle plus de

sens pour vous ? Je commence à croire que la télévision vous rend insensible. Vous allez quand même m'écouter. A la bonne heure!

Béchir était d'une humeur particulièrement joviale cet après-midi, car son avocat pense qu'il aura de fortes chances pour qu'il obtienne une réduction de peine. Alors j'en ai profité pour lui demander qu'il se reconvertisse dans un métier honnête, surtout qu'il a une certaine éducation, Béchir. Tu sais ce qu'il a répondu:

«Je vous promets que je n'engagerai plus des mineures. Là, je reconnais avoir fauté. Durant cette première année d'incarcération j'ai beaucoup réfléchi, et cela m'a aidé à mûrir. Non, dorénavant, je me rabattrai sur les femmes jeunes, mais qui auront déjà acquis une certaine expérience.»

«Mais, alors», me suis-je exclamée, baissant aussitôt la voix pour ne pas alerter le gardien, «vous persistez dans vos intentions illicites ! C'est la moindre des choses que vous ne pensiez plus à dévergonder ces pauvres adolescentes. Vous resterez néanmoins un mac, et là, Béchir, vous me décevez terriblement.»

«Rassurez-vous donc, ma petite dame», a-t-il poursuivi sur un ton de confidence, «J'emploierai au moins une demi-douzaine de filles, mais de grande classe, ah ça, j'insiste, et dans trois ou quatre ans, je compte prendre ma retraite. Voyez-vous, si je n'en

BACKEGARDEN
Fokus

prenais que deux à la fois, je devrais attendre jusqu'à l'an 2020, ce serait trop long. Je pourrai ainsi réaliser un rêve: terminer la construction de ma villa sur l'île de Djerba. Et ce sera pour moi un immense plaisir que de vous y recevoir, un jour prochain.»

«Que nenni», lui ai-je rétorqué !

Et tu sais ce qu'il m'a répondu, Sioux?

«Mais, ce n'est pas pour vous faire travailler, vous viendrez tout simplement prendre du bon temps, et vous pourrez profiter de ma superbe plage privée.»

Tu m'imagines, Sioux, en train de me prélasser chez ce mac sous le soleil de Tunisie ! Il y en a, je te jure, qui n'ont aucune conscience. A côté de Pedro, Béchir a l'air d'un petit farceur, tout est relatif, Sioux, tout est relatif. Qu'est-ce qu'il me fend le coeur, cet homme-là ! Il ne cesse de répéter combien il aimait sa femme, mais n'a aucun remords de l'avoir tuée.

«Ca lui apprendra de s'être laissée séduire par son patron, la salope.»

Encore heureux qu'il n'ait pas, dans sa rage meurtrière, aussi abattu l'amant. Selon Pedro, la femme a toujours tort, sauf dans les cas de viol, et il n'a pas l'air d'en vouloir plus que ça à l'employeur, d'autant plus que ce dernier est français. C'est le

racisme à l'envers. Quelle mentalité, mon pauvre Sioux ! Et crois-tu qu'il se tait devant le juge ? «Je le referais encore, et encore», tonne-il, «qu'elle m'entende du purgatoire où elle se trouve, car elle était tout pour moi, chienne de vie.»

Alors, devant lui, vois-tu, soit je reste bouche bée, soit je lui parle de banalités. Et il a toujours dans son regard cette lueur sombre et assassine qui me fait un peu peur. Pour être tout à fait franc, Sioux, je ne vois pas venir assez vite l'heure de le quitter, mais que veux-tu, nous ne choisissons pas nos hôtes.

Quant à Jérôme, le dealer, c'est une autre paire de manche. Je n'oublierai jamais la cigarette qu'il m'avait offert un jour parce qu'il me trouvait 'un peu tendue'. Tu parles de cigarette, c'était un joint qu'il m'avait refilé. Et je ne comprenais pas pourquoi, en conduisant sur le chemin du retour, je me sentais si euphorique. La voiture tanguait sur la route comme un bateau ivre. Aux appels de phare, je répondais par d'impétueux coups de klaxon. J'étais, sans le savoir, devenue un danger public, et les fou-rire que cela me provoquait ! Lorsque le colonel m'a vu arriver en trombe, écrasant le parterre de bégonias, il m'a regardée ébahi, et moi, je n'arrêtais pas de m'esclaffer tout en bégayant : «qu'est est-ce qu'il est drôle le Jé ... Jérôme, mais mais qu'est-ce qu'il est drôle !»

Et le colonel, d'un air grave m'avait pris par les épaules :

«Depuis quand, ma chère Eglantine, les prisonniers vous mettent-ils dans pareil état ? Je ne savais pas qu'ils pouvaient être aussi bidonnants.»

Puis, s'approchant de mon visage, il me dit, tout de go : «vous avez une drôle d'haleine, madame, auriez-vous bu ?»

Ce n'est que le lendemain que nous comprîmes la raison de mon irrépressible hilarité.

Il ne manque pas d'air, Jérôme.

«Vous ne vous êtes pas sentie légère, légère comme la brise ?» m'avait-il accueillie, la fois d'après, tout souriant. Il a aussi des goûts de luxe, celui-là, car, ne m'a-t-il pas répondu, quand je lui ai offert une écharpe:

«C'est plutôt démodé, trouvez-pas. Vous pourriez peut-être la rendre là où vous l'avez achetée et demander de l'échanger.»

Je lui avais marmonné que ce n'était pas possible. Je n'allais tout de même pas lui dire que les gens de la Croix Rouge trouveraient ma requête quelque peu déplacée.

Eglantine de la Palombière s'affaire déjà pour la Noël de ses hôtes. Elle leur proposera, entre autre, son fameux gâteau aux amandes et au miel.

www.ingramcontent.com/pod-product-compliance
Lightning Source LLC
Chambersburg PA
CBHW041408010726
47507CB00001B/36

* 9 7 8 1 9 3 5 4 3 7 5 9 8 *